S. COLOMB.

MŒRENS

POÈME

PARIS

CHEZ LES PRINCIPAUX LIBRAIRES

des Boulevards, du Palais-Royal et de l'Odéon.

1867

MŒRENS

18844

Sceaux. — Typographie de E. Dépée.

S. COLOMB.

MŒRENS

POÈME

PARIS

CHEZ LES PRINCIPAUX LIBRAIRES
des Boulevards, du Palais-Royal et de l'Odéon,

1867

PRÉFACE

Lamartine est désolé, Victor Hugo proscrit; Musset s'en est allé de dégoût, et il s'élève un accablant murmure de la tombe de Béranger. Il ne faut donc pas trop en vouloir à notre poésie, si elle est triste, et à quelques jeunes poètes, s'ils sont découragés.

Il y a eu là un revirement brusque qui les excuse, un précipice qui a coupé la transition au cours régulier des choses. Les pères n'ont pas élevé les enfants; les astres n'ont pas eu de déclin; ils sont tombés tout en feu, et la nuit s'est faite...

C'est donc, durant l'éclipse, d'un milieu de malaise, qu'est sortie la génération nouvelle; ce sont les premières impressions qu'elle ait ressenties; et l'on sait qu'elles font les longs souvenirs.

Elle a pu voir ensuite bien des volte-faces; les sueurs du génie, les coups de pied de l'âne, l'angoisse des cœurs amis, le rire chez les autres, — rire sans pudeur, gouaillerie idiote qui, comme une maladie, a infecté l'époque.

En de pareils jours, l'enthousiasme cède forcément au doute et à la méfiance.

Le poète s'accoude, s'affaisse sur lui-même; et, le sourire triste aux lèvres, assiste pour ainsi dire au défilé d'une parade. Heureux encore s'il n'est pas assez faible pour aller en grossir les rangs!

Il faut bien qu'on l'accorde; cette attitude avait ses raisons d'être, — qui du reste ne sont pas les seules.

Mais, ici, il y aurait trop à dire, et malgré soi, il est bon qu'on se retienne! Ces explications suffisent d'ailleurs: je serai maintenant compris :

Mœrens est le vague reflet de ces dernières années, le poète incertain, personnel, sans ensemble, qui n'ose rien proclamer hautement; mais en qui il serait trop triste qu'il n'y eût plus d'espérance.

Il se sent atteint dans Victor Hugo, Lamartine... — Il est seul et sans force... il se plaint et n'ose s'aventurer lorsqu'il a vu sombrer de si nobles courages.

Pourtant il comprend que la destinée de l'homme est d'agir, et non de se taire toujours, de vivre libre, et non sujet, de compter enfin sur l'avenir même aux jours les plus sombres.

Las d'être affaissé (et tout le fait pressentir), il va se relever et se préparer à la lutte, il va affirmer son existence et la grandeur de la poésie et de l'homme.

Tel est le sens général de ce petit livre.

Un écrivain de talent en eût évidemment tiré un bien meilleur parti; le jeune auteur qui débute écrit ce qu'il peut sur une idée bonne.

I

LABOR INANIS

MŒRENS

I

Labor inanis!...

Pauvre fou, pourquoi vouloir creuser le monde, puisqu'on ne vit qu'à
sa surface!. .

I

Chanter ! pourquoi? Si tout le monde ignore
Que tu sois à mourir, dans un pauvre réduit,
Laisse couler tes jours, venir, plus triste encore,
L'ombre épaisse de la nuit,
Sans bruit!

Le vent gémit, par ces temps gris j'ai froid; ma lampe
Est moribonde. — Il fait noir. — Je suis seul —
Sur ma couche sans vie, ombre informe qui rampe,
Mon cadavre tend son linceul!...

Que dire, que penser qui ne soit tristes choses?...
Je ne suis plus de ceux que le parfum des roses,
Qu'une petite fleur enivre et fait heureux;
Vieux sentiments usés... Je suis usé comme eux!...

II

Mais quels cris? quels transports d'allégresse?...
Il est donc, Société, des heureux ici-bas?
Non, non; — ce sont les cris d'une avide maîtresse
Qui fait croire à l'amour par de bruyants ébats!...

Il m'en souvient. — J'ai vu cette fille accroupie
Au détour de la borne, et me tendant la main,
Petit être chétif, à la fange, à la lie,
Voué par sa mère sans pain!...

Plus tard, lascive et moitié nue,
Dire bas au passant qu'elle se prostitue...
Que son corps est à vendre... Un vieillard débauché
Fouilla sous les haillons, et signa le marché!...

C'est elle qu'on entend!... Les pauvres sont sans nombre,
Qui vendent leurs baisers dans le carrefour sombre,

Car la monnaie a cours de cet infâme gain,
Car l'orgie en travail enfante un lendemain !...

III

De sable d'or, de boue, en intime mélange,
    La terre a fait son élément...
L'or se colle à la boue, et la fange à la fange,
L'or pour s'unir à l'or a perdu son aimant !...

Ce serait là pourtant cette fusion pure,
Ces bonheurs infinis, du poète rêvés...
Rien ne pourrait souiller !... Insensés, la souillure
S'acharnera sur vous au jour où vous tombez !...

Et qui ne s'est meurtri sur la pierre si rude,
Aux fanges du chemin qui n'a sali son pied ?
Voyageur attardé, brisé de lassitude,
L'homme chancelle et tombe, et fait lit d'un bourbier !

Puis, se levant hideux, et cachant son visage,
    Pour en finir avec l'ennui,
  Il jette au loin son bâton de voyage,
Le lendemain l'effraie, il se tue aujourd'hui !

IV

« Notre âme était en joie, et ton récit l'attriste,
« Pourquoi fouiller les nuits!... Le soleil est si beau!
    « Pourquoi, de ta main réaliste,
« Creuser le tertre noir, qui nous cache un tombeau?...

« Qu'elle dorme la plaie!... et se voilent nos têtes,
« De cet oubli de tout, où l'on doit les plonger!
« Flottez filles d'azur, oh! laissez-nous, poètes,
« Leurs blanches ailes d'or, oh! laissez-nous rêver!...

    « Il est des grands, pourquoi ne pas sourire?
    « Ils sont si plats, pourquoi ne pas flatter?... »
Esprit du mal!... Je briserai ma lyre,
    Oh non! je ne veux plus chanter...

V

Quelque petit qu'on soit, une douce parole
Va trouver un ami qui pleure et le console;
    Sois la victime qui s'immole,
    La vie au poète n'est rien,

Et quand il souffre, il doit se taire,
Il doit chanter pour consoler la terre,
Chanter pour faire un peu de bien!

. . . .

II

JOURS ENFUIS

JOURS ENFUIS

II

> Mon cœur est plein d'amertume et
> veut s'épancher... Vole, ma pensée,
> au pays des souvenirs; je veux revi-
> vre au temps heureux de ma jeunesse...
> Et quand sur ta route, tu rencontre-
> ras cette belle jeune fille...

I

Rêve chéri de ma jeunesse,
Petite fleur que le soleil caresse,
  Du nord ont soufflé les autans!
  Leur froide haleine glace et tue;
  Petite fleur qu'est-elle devenue,
Quand craquaient les grands bois aux colères des temps?

  Comme tant d'autres fleurs, brisée,
Elle a pâli, souffert, un dernier jour;
Sans le rayon du ciel, sans la tiède rosée,
Brisée, elle s'affaisse et tombe sans retour!

Tombe, tige flétrie, et laisse à chaque ronce
Ta robe déchirée, aux mourantes couleurs,
Mais quand plus rien de rien ne reste, fais réponse,
Science, toi qui sais tout, où va l'âme des fleurs?

Songe !

II

Là vous passiez. — Elle est belle et rieuse,
Elle a rougi, vos cœurs se sont émus;
Le détour du chemin vous l'a prise, oublieuse,
Et tout est dit : vous ne la verrez plus!...

III

« Dans vos yeux le feu brille,
Votre front s'incline distrait;
Prenez garde, jeune fille;
Car l'amour, c'est le regret. »
         .   .   .   .   .   .

— L'enfant baissant ses yeux, les mains jointes pensait.
.   .   .   .

Et languissante, appesantie,
Sa tête sur mon sein, avait peine à tenir...
Mais dans un baiser pur mettant toute sa vie,
      Gardez, dit-elle, je vous prie,
      Gardez de moi bon souvenir!

         .   .   .   .

— Et l'enfant s'affaissa, sentant son cœur mourir !
         .   .   .   .

Regret.

IV

Avide, elle écoutait : Donne, ma bien-aimée,
Donne ta lèvre rose, à ma lèvre enflammée ;
Laisse égarer ma main, pourquoi fuir de mes bras ?
Est-il rien de plus doux que nos tendres ébats ?
A toi ma vie, à moi l'ivresse de tes charmes,
Ce sein nu, cette gorge, et ses plus doux secrets ;
    Hélas ! hélas ! le bonheur a ses larmes,
Sur les pas de l'amour, suivent bien des regrets !

        Le pur et frais sourire,
        De ses lèvres s'enfuit ;
        Elle pleure, soupire
        Dans ses rèves, la nuit,

Pâle, amoureuse encore !
Mais le doux rayon de l'aurore,
Se jouant sur le lit défait,
Ne baise plus les mêmes charmes ;
Car sous leur voile, il faut cacher des larmes,
Les larmes du regret.

Si petite et si peu remplie,
Pourquoi la coupe du plaisir,
Verse-t-elle une abondante lie
De douleur et de repentir ?
Pourquoi ce deuil, cette idole pâlie,
Au froid souffle de l'âge mûr ?
Ces heures d'un bonheur si pur,
Pourquoi faut-il qu'on les oublie ?
Pourquoi ce dévorant regret ?
Ah ! c'est que tout sur terre
Est faux, vide, éphémère,
C'est que tout est mal fait !...

. . . .

V

Le fleuve s'endormait. — L'astre-roi dans ses eaux,
Eteignait sa lumière, et venait nous surprendre,
Glissant son regard pâle à travers les roseaux.
Nous nous étions assis sur un lit d'herbe tendre ;
    L'astre indiscret ne nous entendit pas,
Car la brise se tut, et nous parlions tout bas !

Tu me disais... Mais pourquoi les redire,
Ces mots sacrés échappés au délire?
    Mots infinis, toujours, toujours !...
L'écho redit toujours. — Hélas, la même rive,
    Ne revoit plus mêmes amours,
Car nos amours, comme l'eau fugitive,
    Du fleuve avaient suivi le cours !...

III

L'OMBRE

L'OMBRE

III

> Pourquoi nourrir cette mélanco-
> lie qui vous dévore? L'ennui veut
> qu'on le distraie, et la solitude
> l'accroît... Venez, Phyna, rire avec
> vos compagnes; je voudrais que
> vous fussiez heureuse!

I

Au revers des rochers où l'aurore se lève.
Est un pâle figuier dont l'inutile sève,
D'aucun fruit n'a chargé ses longs bras amaigris.
L'ombre épaisse l'étreint. Sous son feuillage gris,
Le tronc en est mourant, sans force la racine;
Sur la crête pourtant, quand le chêne domine

2.

Et porte jusqu'aux cieux son front large et vermeil,
Lui, le pauvre figuier, cherche un peu de soleil !
Tout pâle et frissonnant sous l'air froid des vallées,
Secoue avec lenteur ses branches accablées,
Lève au plus haut sa tête, et dans ce long effort,
A bout de son espoir, crispé, retombe mort !...

Pourquoi n'es-tu pas né, pauvre arbre, dans les plaines,
Baignant tes pieds féconds à l'onde des fontaines,
Sur les coteaux riants, pays heureux des dieux,
Au tombeau du poète où tu vivrais si vieux ?
Là, le soleil est roi, la terre une maîtresse,
Aux seins éblouissants du jour qui les caresse ;
Que fais-tu dans la nuit, sur ce sol inhumain ?
Pourquoi ? — Qui peut lutter contre un ingrat destin ?...

II

Blonde, ses yeux sont noirs, son âme la plus pure,
Qu'en ces siècles de boue, ait faite la nature,
Son visage aussi vrai qu'un cri de la pudeur,
Aux beaux jours d'innocence, et jamais dans son cœur,
Aucun murmure impur n'est entré qui l'altère,
Pourtant le vent des nuits l'incline vers la terre.
Pauvre ange bien-aimé !...
                                    J'ai senti sous ma main,
Au plus doux des baisers frémir son jeune sein,

J'ai lu dans son regard, comme dans son sourire,
Des mots si pleins d'amour, qu'elle n'osait les dire!...
Ivre, confuse alors, cachant dans mes deux bras
Sa rougeur et son âme!... Elle ne savait pas
Qu'aux approches d'hiver, quand fuit à tire d'aile,
Avec son seul trésor, ses petits, l'hirondelle,
Le grand vent ennemi les chasse et les poursuit,
De fatigue brisés, les lui tuera, la nuit!...
Elle ne savait pas. O la sombre existence,
Qui met sur l'avenir ses rêves d'espérance,
C'est la mort mille fois qu'un si cruel espoir!...

III

« Viens-tu par le sentier? voici déjà le soir,
De murmures confus, douces voix du mystère,
Se remplit la vallée, et le champ solitaire,
Viens-tu par le sentier?... L'avide souvenir
Y rattache mes pas; ne vas-tu pas venir,
Mœrens?... J'ai dans le cœur des trésors d'amour tendre
J'ai dans tes yeux si fiers des secrets à surprendre,
A te parler des miens!... — En vain de toutes parts,
Elle a par les chemins promené ses regards,
Son espoir est déçu, sa course est un vain rêve,
Et déjà le torrent roule plus fort sa grève,

Les ailes de la nuit ont étouffé le soir ;
A travers le buisson, caché, le spectre noir
Vous menace et s'enfuit. — Tout fait peur ; tout est sombre,
Comme le figuier pâle, elle est morte de l'ombre.

IV

DEUX VOIX

DEUX VOIX

IV

Deux voix parlaient en lui

PREMIÈRE VOIX.

Vois quel beau jour ! Le calme est sur les mers,
  Le ciel est pur, tout est sourire,
  D'aise et d'amour le cœur soupire,
  La joie inonde l'univers!...
  Et la barque monte et s'élance,
  Folle se joue au bout d'un flot,
  Puis retombant suit en cadence,
  Le chant joyeux du matelot!...

DEUXIÈME VOIX.

— J'ai bien souffert d'une âme fière,
Hélas! j'ai vu mon pauvre cœur
  Brisé comme la pierre.
Tout au long du chemin sous le fer du paveur !

.   .   .   .

Et ma voix doit gémir plaintive
Je dois passer vêtu de deuil ;
Ma sombre vie, à la dérive,
Est toujours menée à l'écueil !

PREMIÈRE VOIX.

— Allons, rêveur, reprends courage,
A toi, poète, les amours,
Les plaisirs, le désir volage,
Pour oublier chante toujours !
Au vieillard laisse la souffrance,
Les ruines, la froide humeur,
A la jeunesse l'espérance ;
L'illusion, c'est le bonheur !

DEUXIÈME VOIX.

— Eh bien ! que ma lyre s'apprête,
Muse prélude à mes chansons ;
Je veux de fleurs ceindre ma tête.
Je veux à mon ciel des rayons :

« Enfants tous deux, du ruisseau de la vie,
L'onde coulait limpide ; ils buvaient à longs traits ;
Tous deux s'aimaient, et l'âme épanouie,
De la nature adoraient les bienfaits ...

Dans la veillée au foyer solitaire,
Il s'échappait tant d'amour de leurs yeux !...
Enfants, enfants, croyaient-ils que la terre
Brillàt toujours d'un soleil radieux?... »

               .   .   .   .

Ah! c'est en vain, mon àme triste,
Mêle à ma voix toujours des pleurs,
Et sous mes doigts le luth persiste
A ne chanter que des malheurs ;
De son existence passée,
L'homme garde un long souvenir,
Des débris nourrit sa pensée...
Celui que berça le plaisir
A dans les cieux porté son aire,
Où tout brille, tout l'éblouit.
L'infortuné rampe sur terre,
       L'un rêve, l'autre vit !...

3

V

LÆTITIA

LÆTITIA

V

Ainsi donc tu n'auras, ò misérable femme,
Que des sourires vains, des mots qui n'ont plus d'âme !...

> Qu'as-tu besoin de ces amours ?
> La poésie ne te suffit donc plus ?..
> Chante, la nature t'inspire, ses har-
> monies débordent, chante...
> Le poète reprit : Il me faut l'a-
> mour de cette femme !...

I

D'où vient Lætitia? Par où fait-elle routè?
Le grand nombre n'y voit qu'un médiocre intérêt,
Non plus que ses amants, trop heureux de leur doute,
Elle est la pauvre femme, et seule, elle le sait.

Ce n'est pas que le jour l'aveugle ou l'importune,
Qu'à rougir de pudeur, elle ait trop d'embarras
Le secret de sa vie est chose si commune,
Qu'il lui paraît usé, même d'en faire cas.

Elle est jeune, elle est belle, elle vit, et qu'importe
La route étroite ou large où se fait son chemin!
En entrant dans la vie, au hasard, une porte
S'est ouverte; et c'est là qu'est passé son destin.

II

Lætitia partie, en un commun passage,
Deux routes se mêlaient, Mœrens fut sur ses pas ;
Elle avait fine taille, une démarche sage,
Un visage charmant. — Il la prit à son bras...

Et tous deux, pour un temps, firent la route ensemble,
Des souffles enflammés planaient sous le ciel bleu,
C'était en plein mois d'août; douce enfant, que t'en semble?
Nos pas vont chancelants... Asseyons-nous un peu...

Des arbres sont tout près ; avec eux frais ombrage,
Mystère, doux transports; sous les sombres fourrés,
Les lits faits de gazon, reposent du voyage...
— Dans le bois, cela dit, tous deux étaient entrés.

III

C'est un drôle d'enfant, car il est jeune encore,
Que Mœrens, mon héros; il veut, il ne veut pas,
Il rêve, il pleure, il chante, et l'ennui le dévore,
Il marche sans savoir où le portent ses pas.

Son cœur est tour à tour, abusé, réaliste,
Sans pitié, généreux. — Tour à tour, il comprend
Qu'il faut aimer toujours, qu'il faut être égoïste...
Tant les rêves déçus laissent indifférent!...

Il ne sait aucun gré, qu'une femme se donne,
De lui prendre un baiser, ou de la voir souffrant;
Mais traite de l'amour, comme on fait d'une aumône,
Et tout fier, il se dit : Je suis beau... je suis grand!...

IV

Lœtitia s'assit sur l'herbe épaisse et tendre,
Sans trop savoir pourquoi, Mœrens rêvait auprès,
Parlait d'amour, de joie; elle, semblait entendre,
Mais ne portait sur lui que des regards distraits...

Sans doute qu'à son âge, à seize ans, on a peine
A comprendre l'amour, à savoir le parler,
La femme est encor pure, et sa timide haleine,
N'aspire que parfum dans un tendre baiser;

Ce que le vice impur peut soulever de honte,
Sans doute, jeune enfant, elle l'ignore encor,
Ou bien le saurait-elle... Alors c'est qu'elle compte
Sur l'amour généreux, sur le dernier effort...

V

Mœrens lui prit la main; elle était fine et blanche,
Sur ses lèvres portée, à deux fois la baisa,
Puis d'un bras amoureux, il entoura sa hanche;
Alors la douce enfant s'émut... et puis rêva...
« — Oh! laisse sur mon sein, ton beau sein qu'il soulève,
« Je sens que tu l'emplis d'ineffables amours,
« Je t'aime et t'appartiens !...Sois à moi—pour toujours !...

« — Ah ! fit Lætitia, s'éveillant de son rêve,
« Et levant jusqu'à lui ses grands yeux assombris,
« Tu me parlais d'amour, si je t'ai bien compris;

Tu me disais? Mœrens; maintenant je t'écoute,
Sache que mon amant ne me reviendra plus,
Robes, souliers ont fin, et pour faire la route,
Je pensais qu'il est dur de s'en aller pieds nus!...

J'aimais bien mon Alain; c'est ainsi qu'on le nomme,
Un brave étudiant, mais trop pauvre jeune homme;
Et pour comble d'ennuis, riche de sentiment;
Avec ce défaut-là, c'est si triste un amant;
Car, que me fait à moi, qu'on m'aime ou me chérisse,
Moi, je veux du plaisir, de l'argent, du caprice...

— Tais-toi, cria Mœrens, tais-toi, tu me fais peur,
O misérable enfant, ô ma folle douleur!...
Et près de défaillir, soutenant son front blême:
C'est mourir, se dit-il, d'aimer sans qu'on nous aime!...
Alors cet être fier, était tombé si bas,
Grimaçant et crispé, dans son muet délire,
Que l'enfant, qui voyait et ne comprenait pas,
Insulta sa douleur d'un grand éclat de rire.

C'est mourir, as-tu dit? Cette autre pauvre enfant
Qui t'avait tout donné, son bonheur et sa vie,
A souffert mille morts, car lâche et triomphant,
Tu l'as abandonnée, et tu l'as avilie,

3.

Elle aussi, qui t'aimait, mendia ton amour,
Elle aussi te donna le plus pur de son âme ;
Il est vrai qu'en retour, tu l'as aimée un jour...
Et ce jour de malheur, tua la pauvre femme!...

Importuns souvenirs!... Mes sens, qu'exigez-vous ?
Que j'aime cette enfant, que pâle à ses genoux,
Je me traîne vaincu?... Lætitia, je t'aime!...
Tu redeviendras pure, — il le faut, — car moi-même,
A ce brûlant amour épurant mon passé,
Je me sens pris pour toi d'un délire insensé!
Lætitia, mon âme!... Ah! ta froideur me brise!...
N'as-tu donc rien senti de cette immense crise,
Qui ravage mon cœur?... Mon cœur veut être aimé...
Parle, le feu du tien s'est-il tout consumé,
Dans l'orgie, et la nuit?... Non, — non — qu'il brûle encore,
Il faut toute ta flamme à Mœrens qui t'adore !...
Quel délire, mon Dieu! quelle sombre douleur,
Avec ce fol amour, est entrée en mon cœur!...
Délire de l'orgueil!... Vouloir que cette femme
Morte à la vie... à tout... pour moi seul ait une âme!...
Fou, pauvre fou!...

                    — Mœrens! sais-tu bien qui je suis ?
Sais-tu combien d'amours j'ai fauchés et détruits,
Sais-tu ce qu'est mon nom, quand si jeune tombée,
J'ai sur mon front, trois ans de honte accumulée ;

Oh! quel rêve insensé! redevenir enfant!
Enfant, trembler encor, quand la pudeur murmure,
Mais la source mêlée aux fanges du torrent,
Qui la séparera, qui me la rendra pure,
Et ce même torrent, sur son roc orgueilleux,
Qui le relèvera de sa chute profonde,
Qui, pour que j'aime encor, me refera le monde?
— Moi, moi, cria Mœrens, je t'ouvrirai les cieux
Pour sauver ce cœur mort, j'évoquerai l'oracle!...

— Hélas! Alain, lui seul, aurait pu ce miracle!...
— Enfant, que t'ai-je fait pour me tuer mon cœur!...

VI

Dites-nous, vous, mentors de ce monde imposteur,
Avez-vous bien sondé les gouffres insondables?
Et révèlerez-vous à nos yeux misérables,
Cet abîme, la femme? Elle qui tout d'amour,
Vit de tendres baisers, comme la fleur de jour,
Elle a tué son Dieu! — Dans la coupe insensée,
Elle a noyé sa vie, hâve prostituée...
Mais toi, tu l'as voulu, Mœrens! Souffle pervers,
Qui fais de l'oasis l'aride des déserts,
L'arbre, les champs jaunis, la source desséchée,
Et les sables de feu!... Ta lèvre débauchée
Au jour d'un soleil pur, à l'oasis aimée.

Viendra se rafraîchir, mais sur le même bord,
Respirera le vide, et la ruine et la mort...
Toi seul auras creusé, desséché cet abîme,
Toi seul auras été ton bourreau, ta victime !...

VII

Dans le même désert, épaves du plaisir,
Ainsi tous deux marchaient. — Dieu, qui des cieux **regarde**,
Tend la main sur leur route à ceux qu'il voit souffrir ;
Enfants, allez en paix ; vous êtes sous sa garde !...

VI

MŒRENS

MŒRENS

VI

Les cœurs sur qui l'on pèse ne grandissent plus; mais éclatent ou se corrompent.

I

Ah ! vous ne savez pas ce que c'est une ville !
Du lointain horizon, c'est un riant asile
Qui doit au malheureux assurer le repos,
Un remède à sa faim, à sa peine, à ses maux,
Où le jeune homme ardent, fier de son espérance,
Vient chercher le chemin de son indépendance,
Où le pauvre génie a foi dans l'avenir,
Où tout veut prospérer, accroître, resplendir!

Mais le pied sur le seuil, c'est une solitude
D'indifférents peuplée, un flot d'incertitude,
C'est un désert où l'homme est le sable mouvant.
L'air ne peut y nourrir un noble sentiment.
Dans nos champs, au grand air, un soleil nous éclaire,
A ses tièdes rayons, l'on vit et l'on espère ;
Ici tout se dessèche, et l'âme se flétrit;
Le rêve qu'elle a fait, c'est ici qu'il périt!...

Pardonnez, mes amis, l'excessive tristesse,
Il faut saigner le cœur quand la douleur l'oppresse,
De la béante plaie écouler à grands flots
L'amertume, le fiel, la rage et les sanglots!

Mœrens a trop souffert!...

                              II

                         — Dans ta course inquiète,
Jeune homme, qu'as-tu vu qui fait courber ta tête ?
Une larme furtive a roulé de tes yeux,
Quel mal sourd t'a creusé pour te faire si vieux?
Ta joue est desséchée, et ta lèvre s'altère,
Jeune homme, qu'as-tu vu? La hideuse misère,
Aux temps glacés d'hiver, sous un ciel sans rayons,
De ses doigts amaigris rajustant ses haillons?

Ou dans la sombre rue, attachant de la borne
Ses regards dévorants? Est-ce la douleur morne
Qui ravage ton sein? L'amour, les désespoirs?
L'orgie et la débauche, et leurs délires noirs?
Qu'as-tu? qui fait ton deuil? Des dégoûts, des tristesses?
Le besoin d'oublier?... Peut-être, tu caresses,
Dans tes nuits d'insomnie, en un suprême arrêt,
De briser l'avorton que l'Être a si mal fait!
Voudrais-tu la puissance, et mettre tout en elle?
D'où donc peut te venir cette langueur mortelle
D'incurables ennuis? As-tu soif d'inconnu?
C'est l'abîme, le sphynx, l'inconnu... Le sais-tu?

III

Ce roc a cinq cents pieds, et surplombe un abîme,
Le pâle voyageur, en atteignant la cime,
Se recueille pensif, se choisit un support,
Et penche lentement sa tête sur le bord,
Mais recule d'effroi... Sa tête s'est perdue
Dans le vide effrayant de la noire étendue,
Son corps en a tremblé sous son fragile pied,
Ses yeux sont égarés, et la peur le rassied.
Devant cet inconnu, devant le gouffre immense,
L'homme voit son néant, et c'est alors qu'il pense;

C'est alors qu'il gémit, ou se dresse irrité;
Un pas de plus, dit-il, et c'est la liberté,
Le terme désiré de mon triste voyage,
Si je faisais ce pas, si j'avais ce courage!...
Puis il se lève encor pour sonder plus avant;
Quel bruit sourd monte à lui? — C'est peut-être le vent,
Qui dans le noir écho roule ses voix plaintives,
Peut-être le torrent qui se bat sur ses rives;
D'ici rien n'apparaît; — plus au bord l'on voit mieux.
Il se penche, le vide a fasciné ses yeux;
Il glisse trop avide, et du roc qui surplombe,
Jette son dernier cri, ferme les yeux, et tombe!...

IV

Mais les temps étaient loin, où le doute venu,
Mœrens ardent sondait le problème inconnu...
Du pire des mépris, de son indifférence,
Il usait maintenant sa dernière espérance;
C'était à peine un mot, comme gloire et vertus,
Dont il parlait encor, — tout en n'y croyant plus...
Il vivait cependant. — Pourquoi?... Cent fois peut-être,
Avait-il arrêté qu'il ne verrait plus naître
Cet insipide jour dont il portait le poids;

Un soir la nuit vint triste, il dit : C'est cette fois!

V

Au-dessus du réchaud, sous le courant de l'âtre,
Le charbon pétillait, et sa flamme bleuâtre
Dans l'ombre se jouait en fantômes de feu,
Dévorant tout l'air pur qui manquait peu à peu...

Accoudé sur sa table, une amère pensée,
Errait de son front pâle à sa lèvre plissée :
Vieux rêves effacés, souvenirs confondus,
De la femme oubliée, et qui ne l'aimait plus,
Des amis dispersés!... L'œil fixe, sans mot dire,
Il suivait dédaigneux, l'apprêt de son martyre;
Que lui faisait la vie, à lui qu'aucun lien
N'arrêtait ici-bas, — à lui qui n'avait rien,
Et qui n'enviait rien? — Et que sont les richesses?...
Valent-elles qu'on rampe en de telles bassesses,
Que l'homme n'est plus homme, et qu'il ne reste à lui,
Que l'ennui de lui-même, et le mépris d'autrui. —
« Heureux les morts!... La vie est un sombre problème,
Et je pars sans regret!... »

                        La silhouette blême
D'une femme accablée et qui baissait le front,
Apparut à ces mots dans la vitre du fond. —

Le deuil l'avait vieillie, et bien plus que lui-même,
Car rien ne souffre autant que l'âme qui nous aime;
Cette étrange lueur, s'agitait et parlait,
Comme pour dire au mort quelqu'important secret...
Mœrens en tressaillit... — C'était la poésie,
C'était la pauvre muse oubliée, avilie,
C'était l'amante en deuil, qui, succombant d'ennui,
Venait au dernier jour se révéler à lui.

« — Ange des affligés, divine poésie,
Des vertiges de mort, la pauvre âme saisie,
Pour toi conserve encor le plus doux des amours,
Pleure avec moi, ma muse; adieu, c'est pour toujours!...
Ils ont passé mes ans, comme un jour gris d'automne,
Voici déjà le soir, cette nuit je mourrai,
Je le sens dans mon cœur, puisque tout m'abandonne,
Que l'aile de la mort bat mon front égaré!...
    Je n'étais beau, ni pur comme le cygne,
        Qui s'ébat sur les flots azurés,
Je n'avais pas au front cette auréole insigne,
        Des poètes, des inspirés;
Et j'ai voulu chanter, j'ai voulu que ma vie,
        Forçât mon cœur à trouver du génie;
Et ma vie a lutté... Pareille en ses combats,
A la femme en travail, et qui n'enfante pas,
Elle a jeté les cris de son angoisse horrible,
Ensanglanté sa chair, et tenté l'impossible;

Elle a tordu son sein ; mais ce travail si long,
Mais ce travail de mort, n'a fait qu'un avorton...
Bats ton front, ô poète, enfante, le délire
Tient ouverts tes grands yeux, caves de ton martyre,
Et la douleur aiguë en tes os décharnés,
Allumera ses feux, supplices des damnés...
Lutte encor, lutte et meurs, — car la lutte dévore,
Car ce corps effondré qui te soutient encore,
Va s'engloutir, tombé. — Quels rêves sont les tiens?
Pour qui ces cris d'appel : — « A mon secours, reviens,
« Ma muse bien-aimée, auréole sublime
« De gloire et de bonheur, tu rayonnes enfin,
« Mon âme est apaisée, et les voix de l'abîme,
« A la proie échappée, ont hurlé... mais en vain,
        « Car voici mon génie,
« Qui m'emporte... Je veux... Effrayante agonie.
Le moribond se plie, en un suprême effort,
Il s'élance, il bondit, il retombe, il est mort...
        Et la lutte est finie!... »

II

Ainsi chanta Mœrens. — Soudain l'abattement
Prit de sa main de fer sa tête soulevée,
Et le souffle épuisé, l'inclina lourdement...
Mais son âme roulait l'implacable pensée !
« Oh mourir ! n'être plus !... Effrayant de l'oubli,
Sous les mépris du temps dormir enseveli !...
Sans qu'un rayon du jour, un grand bruit de l'espace,
Le soir quand tout se tait... sans qu'un vivant qui passe,
      Vienne vous réveiller !...
Et qu'enfin à mon nom, maudit et solitaire,
Il descende une larme, une sainte prière
Qui me parle d'espoir, ou puisse consoler !...

Être venu sans but, et m'en aller de même !
Avoir fait de ma vie un éternel blasphème !
Et rien dans mon passé, rien pour mon avenir,
Qui m'attache à la terre, et sache m'y tenir !...
Douleur, dérision !... Et m'en aller peut-être,
Quand de son long travail, mon génie allait naitre,
Et quand il m'eût fait grand, que j'aurais dominé,
Le serrer de mes mains, et l'étouffer mort-né !—
Oh si c'était !... La terre en son élan sublime,
Noire s'entr'ouvrirait, et du fond de l'abîme,
Monterait furieux, un long tressaillement ;
Des voix auraient parlé, dans les airs en colère.
Il serait nuit au ciel, nuit noire sur la terre !... »
Et comme il se levait pour voir... En ce moment,
L'étoile étincelait. — Rien qui fût un murmure,
La nature dormait silencieuse et pure !...

L'homme, l'homme, misere !... Eternel naufragé,
Épave par tout vent, jetée à toute plage,
Et meurtrie, et brisée, et qui toujours surnage !...
Des flots et puis des flots t'ont pris et submergé ;
Les gouffres entr'ouverts t'ont noyé d'amertume ;
Et tu luttes encore !... et si soudain s'allume,
Dans la tempête, au loin, quelqu'humaine clarté ;
Ta main, au désespoir, te cramponne au rivage,
Te crispe ; t'a sauvé, — jusqu'au nouvel orage,
Jusqu'à l'heure où sans force, un flot t'ait remporté

— Poète, dit la Muse, il est temps qu'on se lève,
Les flots sont apaisés, te voilà sur la grève,
L'avenir devant toi. — Marche, marche, combats;
Le sort de l'homme est fait de terre et d'inconstance,
Mais au plus malheureux, il reste l'espérance,
Et la victoire enfin à ceux qui ne fuient pas!...
Va! tu ne ceindras plus l'immortelle couronne,
A t'arrêter pleurant aux pierres du chemin,
A regarder le soir s'il ne viendra personne
Qui te prenne en pitié, qui te tende la main!...
Vain espoir, lâcheté!... Qu'as-tu besoin d'aumône,
N'es-tu pas riche aussi, de cœur et de fierté?..,
C'est au choc des combats qu'on sait l'armure bonne,
Et nul ne sera grand, qui n'aura pas lutté!...

L'aigle parfois surpris des vents et de l'orage,
Dans les gorges sans fond roule précipité,
Et tombé jusqu'à terre il a des cris de rage,
Dont l'air des environs gémit épouvanté!...
Car sa tête est meurtrie et sa serre impuissante;
Car il souffre, et son œil, à la lueur sanglante,
N'a pas vu l'ennemi qui l'a pu terrasser...
Mais il sait qu'il est aigle. — Il se traîne au rocher,
Et là sur l'horizon, jetant ses larges ailes,
Il plane, et par delà le nuage vermeil,
Il s'en va dominer les tempêtes rebelles,
Dans les calmes régions d'un éternel soleil!...

— Ma muse, ta parole est forte et salutaire ;
Mais moi je suis chétif, mais moi je n'ai point d'aire,
D'où m'élancer au ciel ; — mais moi je ne crois pas...
Mes ailes se fondraient... Puis on dit ici-bas,
Que les temps sont changés, que l'homme qui progresse
Ne s'accommode plus des choses du passé...
Qu'il court à l'avenir!... Mais telle est sa vitesse,
Que bientôt en arrière, il aura tout laissé!
La foi tombait hier, et tombait essoufflée,
Ce sera Dieu demain. — Sans foi, ni sans amour,
L'âme se fait enfin si vide et désolée,
Que la vie est à charge, et que voici son tour !...
Que viens-tu donc parler encor de poésie?
C'était bon dans le temps, — jadis, — mais aujourd'hui,
La fange l'a souillée, et le froid l'a saisie ;
Elle râle éperdue, au poids de son ennui...
Lasse, lasse, tombée... Et maintenant qu'importe,
De chanter, de pleurer? — La poésie est morte!...

— Non, elle n'est pas morte !... O mon poète aimé,
Qu'il me faudra de soins, et de force divine,
Pour ôter de ton cœur, brisé dans ta poitrine,
Ce rocher de douleurs qui l'a tant comprimé...
Viens, viens, donne un baiser, Mœrens, à ton amante,
Et lorsque sur mon sein, ta tête haletante,
Aura bien reposé son courage affaissé,
Retournons, revolons au pays du passé!...

4

Là comme aux premiers jours où rayonnait le monde,
Le ciel est resté haut, la mer bleue et profonde,
Immense l'horizon... Il sort du fond des bois,
Dans le calme, le soir, des chants, une voix douce,
Qui murmure par l'air, comme l'eau sur la mousse.
O mon Dieu, disais-tu, que j'aime cette voix!...
Eh bien! nous chanterons encor dans la vallée,
Puis-je vivre sans toi, si seule et désolée?
Non, sans toi maintenant, mon beau rêve est détruit;
Moi je veux le finir, le couver de mon aile;
Si la fleur a pâli, c'est qu'il lui naît un fruit...
Comme à l'arbre séché, vient la sève nouvelle,
Ton cœur longtemps meurtri, durci, se fera fort,
Et c'est de sa douleur que l'âme enfante en elle,
L'amour, le saint amour, ineffable transport,
        La poésie est éternelle!...

          . . . .

— Mais déjà du charbon, la mortelle vapeur,
Avait pris la poitrine, et suffoquait le cœur.
Mœrens tomba; la crise vint, — par intervalle,
Éclatait un sanglot, puis un cri, puis un râle,
Puis le calme effrayant de la mort. — Et parfois,
Le mourant bondissait convulsif... car la voix,
— On ne sait dans son être en quel coin retenue, —
Ne cessait de crier : L'heure n'est pas venue!...

Dans la nuit, sur les monts, par un temps qui fait peur,
Lorsque s'amoncelant, roulent avec fureur,
Les gros nuages noirs, l'ouragan, la tempête,
Il se fait dans le ciel une effroyable fête. —
Ses astres sont éteints, l'onde croule, les vents
Se battent furieux, en mille sifflements,
Les grands bois en éclats, volent dans la rafale;
Tout est bouleversé... Mais que la main fatale,
Par les airs, sur les vents, vienne à s'appesantir;
En esclave soudain, tout va se rendormir;
Les vents, les flots, les cieux, la tempête en démence,
Un grand jour renaîtra d'un imposant silence!...

C'est étrange et fatal que cette réaction,
Ces asservissements de l'homme et de la terre,
C'est d'en haut le secret, et pour tous un mystère..
Au jour marqué des temps, l'invincible émotion,
Quelque chose de sourd, précurseur du prodige,
Vous saisit et vous tient, et plus le faite est haut,
Et plus on a monté, plus grand est le vertige,
Mieux on voit chancelant qu'on va crouler tantôt!. .
Et quand vient la secousse!...
                                    A ce vent qui soulève,
Les peuples étouffés ont ressaisi leur glaive,
Des cris retentiront que l'on n'entendait plus!
C'est enfin un grand choc, du droit contre l'abus,
Du peuple et du tyran, des lois et des armées,

C'est un fracas de trône et de chaînes brisées,
Un torrent écumeux de haine et de passion;
C'est l'horreur et la peur. — C'est la Révolution,
Et petits triomphants, grands nivelant leur tête,
Sentent confusément que la grande œuvre est faite!...

Eh bien ! comme la mer, comme les éléments,
Le cœur a ses cahots et ses ébranlements!...
Trop heureux mille fois, quand le destin l'incline,
Celui qui toujours fière a gardé sa poitrine! —

La crise fut propice, et Mœrens apaisé;
De la fenêtre close, un verre était brisé;
L'air entrait. — Nul ne sait, en sa tête de femme,
Ce que la Muse en deuil versa de grandeur d'âme,
Ce qu'elle y dégorgea de fiel et de dégoût,
Mais quand le jour venu le retrouva debout,
L'inspiration grondait. — Poète au fier sourire,
Il avait dans son cœur poussé jusqu'au délire
L'amour de la patrie et de l'humanité,
Et pouvait fièrement s'écrier transporté :
« Non, je ne fuirai pas, comme un lâche, l'arène,
J'aurai mon rôle aussi dans la tourmente humaine,
Ma parole d'espoir; — car le peuple est courbé,
Car tout ce qui fut grand est aujourd'hui tombé,

Car Rome est dans les fers, avec sa vie entière;
Non, — non, — je combattrai. — Dans l'ardente carrière,
Quel que soit le puits sombre, ou quel que soit l'égout,
Où je doive passer, — jusqu'au fond, — jusqu'au bout
Je ferai mon chemin, je fraïrai mon passage.
Je fus lâche, — j'aurai le suprême courage
Du sacrifice entier... Le front haut, sans regret,
Je marcherai poète, et tel que Dieu m'a fait!...

. . . .

FIN.

4.

NOTE

J'ai cru pouvoir me faciliter dans ce poème, soit la rime, soit la mesure de certaines diphthongues, chaque fois que la prononciation d'usage m'y autorisait et que l'harmonie restait suffisante. Par exemple, dans les mots : *médiocre, passion, révolution,* etc., dont *io* a été pris pour une syllabe.

D'ailleurs, rien d'absolu ne veut qu'il en soit autrement, puisque cette même diphthongue *io* est ainsi comptée dans tous les verbes.

TABLE.